NOVEMBRE 1888

RÉPUBLIQUE

ET

BOULANGISME

PRIX : 15 CENTIMES

TOULOUSE

IMPRIMERIE FOURNIER-VALERY

5, Rue du Salé, 5

RÉPUBLIQUE

ET

BOULANGISME

Il est des institutions qui sont tellement dans les mœurs et les traditions d'un peuple, qu'elles ne sauraient disparaître momentanément sans que l'instinct des masses ne songe à les rétablir sous des noms nouveaux, et trop souvent avec des hommes que rien ne semblait appeler à les représenter.

Un exemple dans notre passé historique :

C'était pendant la *Terreur*. La guillotine que Fouquier-Tinville avait voulu établir dans une salle voisine de celle où il siégeait, pour aller plus vite en besogne, fonctionnait avec une régularité qui en faisait comme le rouage le plus essentiel de la machine d'Etat. Les victimes tombaient sans résistance, presque impassibles ; et il n'y avait plus dans la foule, familiarisée avec tant d'horreurs, ce qui éveille la pitié ou soulève l'indignation.

Mais si la contre-révolution paraissait vaincue, on était loin de s'entendre dans les milieux révolutionnaires. Les exaltés d'hier — ceux qui avaient le plus contribué au triomphe des idées nouvelles — étaient devenus suspects à leur tour ; le violent Ronsin traitait Legendre de modéré ; aux yeux des Hébertistes, Robespierre n'était plus qu'un aristocrate et Danton, lui-même, qu'un impuissant et un corrompu.

D'autre part, les souffrances du peuple étaient à leur comble. La question des subsistances devenait toujours plus irritante ; nos succès militaires sur le Rhin n'avaient point conjuré les dangers de la Coalition, et la Vendée était en feu.

*
* *

Qui ne sent, dans de pareils moments, que ce sont là des états de crise qui ne sauraient se prolonger, et que le seul espoir de salut est tout entier dans une concentration de forces et d'autorité ?

Et voilà pourquoi, à l'époque dont je parle, on allait répétant partout : Qu'un nouveau régime ne pouvait tarder à remplacer le régime existant ; que le Comité de Salut public était insuffisant pour faire face à la situation et qu'il *fallait un chef.*

On parlait vaguement d'une conception politique dans laquelle, à côté d'un généralissime qui résumerait la puissance militaire, se dresserait une magistrature suprême devant laquelle tout devrait s'incliner, et que *Pache serait grand juge.*

Pourquoi Pache ?

On aurait eu de la peine à l'expliquer. Mais à Paris, à Lyon, à Toulouse, à Marseille, à Bordeaux, à Toulon, à Nantes, il y avait dans tous les esprits comme un pressentiment d'un nouvel ordre de choses prochain ; et l'on se disait mystérieusement à l'oreille, sans trop savoir ce qu'on entendait par là :

« *Pache sera grand juge.* »

*
* *

Sommes-nous en 1794 ?

Ce qui est certain, c'est qu'aujourd'hui, comme alors, il y a dans l'air je ne sais quelle immense rumeur dont la note dominante peut se traduire par ces mots :

« Cela ne peut durer ainsi. »

Qu'aurons-nous après ?

Une dictature ?

Un triumvirat ?

Un stathoudérat ?

On l'ignore.

Mais si le gouvernement à venir est un problème pour tout le monde, celui que l'opinion met à sa tête n'est un mystère pour personne, et vous l'avez nommé :

BOULANGER !

*
* *

Y aurait-il, entre l'idole de 1794 et l'idole d'aujourd'hui, des points de ressemblance qui aient dû les désigner, l'un et l'autre, pour un rôle presque identique ?

Nous n'en féliciterions pas le général Boulanger.

Tour à tour ministre de la guerre et maire de Paris, Pache n'avait aucune des qualités brillantes qui eussent pu marquer sa place dans des postes si redoutables. Etranger au métier des armes et administrateur détestable, cauteleux et flexible jusqu'à la bassesse, c'est dans la puissance remarquable de travail dont il était doué, et dans ses complaisances pour les Jacobins, qu'il faut chercher l'explication de sa fortune politique.

Avec de pareilles ressources, on peut charmer peut-être et capter, par son effacement même et sa soumission, les faveurs d'un pouvoir ombrageux ; mais qu'y avait-il là pour éveiller l'idée de faire de cette personnalité triviale le *grand juge* qui devait sauver l'Etat et présider aux destinées des institutions futures ?

*
* *

Comme Pache, M. Boulanger fut ministre de la guerre. Je l'ai suivi attentivement dans tous les actes qui ont marqué son passage au Pouvoir, et il n'est pas de mal que je n'en aie dit. A mes yeux, son projet de loi militaire est fort discutable ; le service de trois ans me parut toujours répondre mal aux besoins de la défense nationale, et il n'est pas jusqu'à la barbe imposée à nos soldats qui ne m'ait fait jeter les hauts cris.

Ce qui m'étonnait, surtout, c'est son attitude pendant la grève de Decazeville, son ingérence dans la politique, ses condescendances pour les radicaux, qui n'excluaient pas — ou l'assurait du moins — des concessions secrètes aux chefs du bonapartisme et du parti monarchique.

Toutes ces critiques, je les ai articulées tout haut, formulées même dans la presse ; et j'aurais, certes, beaucoup à faire pour entrer en grâce auprès du Général, s'il me prenait jamais fantaisie de me ranger parmi ses courtisans.

Mais ce qui plaidait en sa faveur et me faisait regretter le plus ses égarements, c'est ce qu'on disait de son courage, de son esprit d'initiative et de son ardent patriotisme.

Il y a, d'ailleurs, dans cette étrange organisation, je ne sais quoi d'audacieux et de chevaleresque qui, à certaines heures, me séduisait malgré moi.

Et puis, ces incorrections de tenue, ces exubérances de parole qui, chez un ministre, me paraissaient détonner si fort avec la gravité qui convient aux hommes de gouvernement, n'étaient-elles pas la révélation de l'une de ces natures puissantes qu'on ne saurait enfermer dans un cercle étroit sans qu'elles tendent à le franchir, et que tout désigne pour le commandement ?

*
* *

Au surplus, quand M. Boulanger le voulait bien et que les circonstances en valaient la peine, nul mieux que lui ne savait s'élever à la hauteur de la situation.

Quel langage plus élevé que celui qu'il tint à l'Hippodrome, devant les sociétés de gymnastique ?

Mais ce fut, de sa part, une innovation dont l'idée ne pouvait naître que d'un grand sentiment, que cette revue des garnisons de Paris et de Vincennes, dans laquelle la présentation des drapeaux aux soldats mit sous leurs yeux les dates les plus mémorables des deux Empires et de la Monarchie.

N'y avait-il pas quelque témérité à soumettre les personnalités puissantes de la République à l'épreuve cruelle d'avoir à s'incliner devant les noms glorieux de Jemmapes, Wagram, Austerlitz, Arcole et cent autres, écrits sur les plis de nos étendards?

*
* *

En tout cas, ce ne peut être le propre d'un homme vulgaire que le privilège, dont jouit le général Boulanger, de subjuguer ce qu'il y a de plus en vue dans les partis les plus opposés, et de s'y faire pardonner, sans se plier à leurs caprices, une situation si exceptionnelle acquise en dehors de leur influence.

Mais que dit-il donc à Rochefort et à Cunéo d'Ornano, à Naquet et à Robert Mitchell, à Laguerre et à M. de Mackau, à Laur et à Jolibois, pour qu'il soit l'oracle des uns et trouve grâce aux yeux des autres?

D'où vient qu'il est pour tous l'homme sur lequel on compte pour la solution désirée?

Il est vrai que, dans leurs calculs, il est, dit-on, l'instrument dont on entend se débarrasser, quand on s'en sera servi. Mais, alors, comprend-on quelle idée l'on doit se faire de ses ressources, pour que chacun le regarde comme le plus apte à le conduire au but qu'il poursuit?

J'ignore ce qu'il peut y avoir de fondé dans ce qu'on attend de lui; mais l'homme sur qui reposent tant d'espérances, et qui serait en mesure de les réaliser, me semblerait digne de garder pour lui ce que chacun se flatte d'en obtenir :

J'engage le général Boulanger à y réfléchir.

*
* *

S'il est une chose plus étrange encore que la fascination qu'on paraît subir dans l'entourage de cet homme, c'est assurément celle qu'il exerce, à distance, sur les masses où il n'est — comme pour moi-même — absolument qu'un inconnu.

Que savent de lui les viticulteurs de la Charente-Inférieure, les tisseurs de Valenciennes ou de Roubaix, les fermiers de la Somme et les paysans de la Dordogne ?

Les neuf dixièmes l'ont-ils jamais vu ?

Il est vrai qu'à entendre ses ennemis, sa triple élection n'est que le résultat de la corruption et l'œuvre des camelots : Que M. Reinach, qui le dit, ose s'y risquer, et il verra ce qu'en vaut l'aune.

Non, tout n'est pas factice dans la popularité de l'ancien ministre de la guerre, et voici l'explication de son succès, que je n'ai pas la prétention d'avoir trouvée. Dans le Nord, comme dans la Somme et ailleurs, on avait parlé du courage de Boulanger, de son indépendance de caractère, de sa haine pour l'Allemagne, et en cela ses partisans ne mentaient pas. Mais tout ce qui éveille l'idée de guerre n'est guère du goût des campagnards ; le patriotisme du Général et tout ce qu'on vantait en lui n'avait précisément rien de très rassurant pour le maintien de la paix, et les pères de famille n'y mordaient pas. Heureusement pour lui, les orateurs de l'opportunisme étaient là, pour dévoiler ses projets ténébreux : on le représenta comme l'ennemi de la Constitution, et le mot de *dictateur* fut prononcé.

— « Mais que ne le disait-il lui-même ? » chuchotèrent les électeurs : « c'est bien là ce que nous voulons aussi, et on l'y aidera. »

*
*   *

Dès ce moment, la victoire de Boulanger fut assurée.

Et c'est ainsi que ce dont on veut lui faire un crime est pour lui un titre à la faveur populaire, et qu'en l'accusant d'aspirer à la dictature, on la prépare et on l'y pousse.

Mais quand verra-t-on qu'aujourd'hui, comme au temps de Pache, comme à la fin du Directoire, comme au 2 Décembre même (le *Boulangisme* est un peu de toutes les époques), il n'y a guère qu'une voix pour crier : « *Cela ne peut durer ainsi, et il faut un chef !* »

Est-ce que le Pouvoir actuel, qui toucherait à son terme, à s'en rapporter à l'opinion publique, est plus solidement établi que ne l'était le régime de la Terreur, dont tout le monde pressentait la fin prochaine ?

Le despotisme du Comité de Salut public ne pouvait être assurément qu'un état politique de transition ; mais, à juger de la stabilité d'un gouvernement par la valeur des hommes qui le soutiennent, que sont les personnalités sur lesquelles s'appuie notre République, à côté des membres de la commission exécutive de 1794 ? M. Sadi Carnot, du moins, aurait la modestie de s'incliner devant son grand-père, et il y a loin de l'organisateur des chasses de Fontainebleau à l'*organisateur de la victoire*.

Je ne professe aucune idolâtrie pour la Convention nationale : Il y avait pourtant en elle d'autres éléments de vitalité que dans les pouvoirs publics dont le suffrage universel nous a dotés. Je ne dirai rien du Sénat : respect aux morts ! Mais on sent le rouge monter à son front, devant tant de médiocrités burlesques qui siègent au Palais-Bourbon. Lequel de nous n'a vu de près une demi-douzaine de députés ? Eh bien ! qu'on me dise, sans parti-pris, s'il n'y a pas dans chaque département des milliers de boutiquiers et d'agriculteurs qui pourraient, à meilleur titre, figurer dans nos assemblées parlementaires. Avec ceux-ci, du moins, nous n'aurions peut-être ni les agiotages du Wilsonisme, ni ceux dont Numa Gilly nous fait espérer la révélation.

Quant à la Constitution, en elle-même, nous savons, par les révisionnistes de toute nuance, ce qu'il faut penser de la solidité d'un édifice dans lequel la Chambre haute est toujours près de s'effondrer sur la Chambre basse, entraînant dans sa chute la Présidence placée au sommet, comme une girouette tournant à tout vent.

*
* *

Mais ce n'est pas l'opinion publique seule qui proclame l'impuissance du régime actuel et qui aspire au change-

ment : la République, telle qu'elle est, a conscience de sa fai-
blesse, à en juger par le besoin qu'elle éprouve de perpé-
tuelles transformations. Après le scrutin de liste, qu'elle avait
rêvé, c'est le scrutin d'arrondissement et le renouvellement
partiel de la Chambre qu'il lui faut. Qui peut dire ce qu'elle
voudra demain ?

Pauvre folle, que son agitation convulsive fait ressembler
aux démoniaques d'autrefois et aux pensionnaires en délire
de la Salpétrière !

Mais n'est-ce pas là plutôt la moribonde demandant toujours à changer de place, et qui trépasse en passant d'un lit
à l'autre ?

*
* *

Si, du moins, le gouvernement seul était malade ! Mais
c'est la France entière qui se meurt et voudrait guérir.

Sans parler du mouvement de la population, qui nous
place, sous le rapport de ce qu'on peut en conclure, au dernier rang des nations européennes, que d'autres symptômes
témoignent des conditions déplorables de notre situation éco-
nomique !... Savez-vous, d'après les données authentiques,
ce qu'il y avait chez nous d'*idiots* et de *crétins*, en 1886 ?

Soixante-huit mille cinq cents !

Et de fous ?

Trente-quatre mille !

Et cela ne fait que croître.

Remarquez bien que lorsqu'on dit *crétins* et *idiots*, il faut
entendre par là ceux que leur constitution range officielle-
ment dans cette intéressante catégorie, et que là ne figurent
ni les *pschutteux* ni les *ramollis*, qui en constituent la
variété la plus nombreuse.

Il en est de même des fous, parmi lesquels la statistique
ne comprend que les malheureux appartenant aux maisons
de santé, mais auxquels il conviendrait d'ajouter tant de
milliers de plumitifs et de *décadents* qui relèvent à tant de
titres des médecins aliénistes.

Le document auquel j'emprunte ces détails fait observer que « dans les six dernières années, les cas de folie consta-« tés parmi les hommes politiques, les artistes et les écri-« vains ont augmenté d'un tiers. »

Que Messieurs de la presse y prennent garde !

*
* *

Mais si le nombre des cerveaux malades et des rachitiques augmente, combien celui des pick-pockets et des escarpes est loin de diminuer !

Les attentats contre la sûreté des personnes se succèdent avec une telle rapidité, que c'est à craindre de sortir après le coucher du soleil, ou de s'endormir sans le pistolet au poing.

Et ce n'est pas la multiplicité des crimes qui, seule, nous épouvante : les caractères de férocité qui les distinguent accusent un tel développement d'instincts sauvages, qu'on se demande si ce n'est pas là comme une crise maladive que l'humanité traverse, et à laquelle, d'ailleurs, rien n'échapperait dans la nature.

C'est qu'en effet tout semble souffrir dans la création.

N'y aurait-il rien de commun — qu'on me permette cette supposition — entre la décrépitude physique et morale qu'on ne saurait nier, et cet affaissement de la vie universelle qui s'étend à tous les êtres organisés, et jusqu'à la plante qu'un mal sans remède frappe de stérilité et de mort ?

Je ne suis ni un dévot ni un homme à préjugés, et Dieu me garde de mettre à la charge de la République les ravages du phylloxéra et du Volapuck : mais n'est-elle pour rien dans le désordre de notre état social, par les convoitises qu'elle éveille et les doctrines qu'elle encourage ?

*
* *

En tout cas, ce qui n'est point une hypothèse, c'est que l'instruction, telle qu'on la donne, tourne surtout au bénéfice de la pire espèce de malfaiteurs.

Grâce au progrès de la chimie, c'est l'empoisonnement organisé des consommateurs, tandis que les assassins à main armée empruntent à la médecine l'art de disséquer correctement leurs victimes, et de faire disparaître, par toute sorte de procédés scientifiques, les traces de leurs forfaits.

Ajoutez à cela que les moyens de répression sont en raison inverse de l'audace des criminels. Les meurtriers de Barrème se promènent en plein soleil à la barbe des agents de la sûreté ; et tout ce qu'on a pu jusqu'ici pour faire bonne justice des assassins de la femme coupée en morceaux, ç'a été de rassembler les fragments de la malheureuse et de reconstituer son cadavre.

Quand, d'ailleurs, le hasard fait que les coupables vont se jeter dans les jambes de la police, la cour d'assises se charge généralement de les relâcher.

N'est-il pas naturel, devant le nombre toujours croissant des invalides, de conserver à la société les assassins qui se portent bien ?

*
* *

Voilà pourquoi, sans doute, la correction est habituellement si paternelle, quand il plaît au jury de sévir.

La femme Loule, déjà mère depuis quinze ans, met au monde un second enfant, et l'étrangle quelques heures après l'accouchement !

Savez-vous qui elle associe à son forfait ?

Son premier fils !

Et les voilà, s'acharnant tous deux sur le nouveau-né, qu'ils dépècent à qui mieux mieux, pour en jeter les lambeaux sanglants dans le liquide bouillonnant de la chaudière à lessive.

Savez-vous quel a été le verdict du jury d'Aurillac ?

Trois ans de prison !.....

Dans le Loir-et-Cher, ce sont les enfants qui ont brûlé la mère : une septuagénaire impotente qu'on va arracher de son lit de souffrance, pour la porter sur des fagots flambant dans

l'âtre, où elle se débat sous les coups de sabot des par-
ricides.

Et ils sont là, quatre — les deux fils, leur sœur et le gen-
dre — s'acharnant sur la malheureuse qui se tord dans les
flammes, et dont les plaintes ne font que redoubler leur rage !

Où trouvez-vous là des *circonstances atténuantes ?*

Les jurés de Blois y en ont vu ; et les deux monstres, que
la pauvre vieille avait bercés dans ses bras, nourris de son lait,
en sont quittes pour un voyage dans la Nouvelle-Calédonie,
où les attend un sort meilleur que celui de beaucoup de nos
honnêtes paysans.

L'institution du jury, qui fut longtemps notre sauvegarde
et notre orgueil, aurait-elle fait son temps? L'horreur du
crime se serait-elle à ce point affaiblie qu'on ne puisse plus
compter sur le glaive de la loi pour le frapper ?

*
* *

C'est à la conscience publique, dont le jury est l'expression,
et que tout tend à pervertir, qu'il faut demander compte de
ces défaillances. C'est aussi aux théories de la science mo-
derne et aux doctrines de l'athéisme qu'il faut s'en prendre.
J'ai là, sous les yeux, les œuvres récemment éditées d'un
médecin aliéniste qui fait autorité dans la matière, M. Le-
grand du Saule. Eh bien ! c'est partout l'indulgence que l'auteur réclame pour le vice ; l'homme pervers, à ses yeux,
n'est souvent qu'un malade qu'il faut guérir : si bien qu'on
se demande quel est l'accusé qu'on pourrait atteindre, sans
être coupable soi-même de la plus atroce barbarie.

Avec le savant M. Robin, qui fait école dans un certain
monde, tous les criminels sont irresponsables ; c'est de la
médecine seule qu'ils sont justiciables, et la loi n'a rien à
voir sur eux.

Et comment se montrer sévère pour le meurtre et le bri-
gandage, quand on les érige en principe, à la *salle Favié* et à
la *Boule noire*, au nez même du commissaire?

— « Le jour où Rothschild sera à Mazas, » s'écrie le citoyen Guesde, « la République existera. Oui, à Mazas et au mur ! »

Rothschild, c'est quiconque possède.

Le mur, c'est le poteau auquel on attache la victime vouée aux balles des assassins !

Le citoyen Lafargue est plus explicite, et voici sa formule : « Ce n'est pas le gouvernement qu'il faut étrangler, c'est « sur la propriété qu'il faut mettre la main. »

*
* *

Mais c'est à la barbe des juges que ces choses-là se disent. Qui ne se souvient des débats qui se déroulèrent devant le tribunal de Villefranche, après l'assassinat de Watrin, et dans lesquels la haute industrie, la haute banque, le haut commerce furent représentés comme une formidable coalition contre le prolétariat et *une véritable Internationale de voleurs ?*

Et tout cela à la face du procureur de la République, que ses antécédents au parquet de Prades mettaient mal à l'aise vis-à-vis de l'audace des accusés et des sarcasmes impitoyables de la défense !

Et qu'est-ce que le crime et qu'est-ce que la vertu, en dehors des idées spiritualistes ? Or, voici comment, dans une assemblée qu'on considère comme un *second* parlement, et qui pourrait bien être un jour le *premier* — le Conseil municipal de Paris — s'exprime M. Hovelacque, aux applaudissements de ses collègues :

« Quand la désagrégation s'est faite dans les atomes qui « composent le corps, l'homme a cessé d'exister ; et c'est « un rêve que le dogme de l'immortalité de l'âme et de la « vie future. »

Je n'ai pas appris que le préfet de la Seine ait protesté. Mais l'aurait-il pu, sans flétrir également tant de favoris du pouvoir — ministres, sénateurs, magistrats même — qui ne pensent pas autrement ?

Est-ce que Paul Bert voyait autre chose que le néant au-delà de la portée de son télescope et de la pointe de son scalpel ? Quelle différence y avait-il, pour lui, entre l'âme humaine et celle du chien dont il fouillait les entrailles ?

Ce n'est pas, du moins, M. Renan qui se cache de son scepticisme, quand il dit à la jeunesse des écoles, dans un banquet chez Véfour : « Faites une large part à l'hypothèse « où rien ne serait bien sérieux en ce monde. »

Parlez donc, après cela, de justice, de morale et de patriotisme !

— « Mais le gouvernement ne peut rien à cela, » dit-on.

Le gouvernement n'y peut rien ? Autant vaudrait prétendre qu'il est étranger au progrès de la pornographie et à l'avilissement de notre littérature, lui qui décore l'auteur d'un livre immonde qu'on fait saisir à Berlin et à Londres !

Autant vaudrait prétendre qu'il n'est pour rien dans la situation douloureuse faite aux catholiques, quand il suspend le traitement de leurs ministres, qu'il enlève les congréganistes à leurs écoles et à leurs couvents, en attendant la suppression du budget des cultes et la fermeture des églises qui en serait la conséquence !

* *

On crie au vandalisme à propos de la mutilation de nos basiliques et des tombeaux profanés de Saint-Denis... Mais, là, c'était la lie des faubourgs, les truands des bouges infects qui procédaient à l'œuvre de dévastation. Aujourd'hui, l'initiative vient d'en haut, et l'Administration n'a besoin de personne pour cette triste besogne...

C'est le maire de Neuilly qui, poussant jusqu'au délire son zèle pour la laïcisation, s'en prend aux croix du cimetière et les disperse de ses propres mains, au mépris du respect dû à la tombe et des larmes de la famille.

* *

D'après la légende, les démons frémissaient devant l'image de Jésus, et c'est bien aujourd'hui comme dans tous les temps !... Ces pieds sanglants, ces lèvres livides, d'où tomba la parole régénératrice et dont le dernier mot fut un pardon pour les bourreaux, tout cela les irrite, leur donne le vertige ; et les voilà s'acharnant sur l'auguste emblème, ne pouvant assouvir leur rage sur le divin crucifié.

Lui, qui ne fut que bonté et miséricorde ; Lui, qui eut une espérance et une consolation pour toutes les faiblesses, qui tendit la main à tous ceux qui tombent, qui appela à lui tous ceux qui souffrent, ils l'ont chassé de l'école, du sanctuaire de la Justice, des places publiques ; et voilà qu'ils le poursuivent jusque sur la cendre des morts, ne pouvant l'arracher du cœur des vivants !...

C'est aux cadavres que s'en prend, dans le Loiret, le maire de Marceau-aux-Prés qui, revêtu de son écharpe, fait enlever de l'église le cercueil d'un prétendu libre-penseur, pour le rendre aux esprits forts du lieu et le faire enterrer civilement.

*
* *

A Châteauvillain, on tue !...

Mais, ici, le préfet de l'Isère Massat a dressé les plans, le sous-préfet de la Tour-du-Pin dirige l'expédition et la force armée marche sous ses ordres.

La citadelle à prendre d'assaut, c'est la petite chapelle de La Combe-des-Esparres.

Les défenseurs de cette étrange forteresse, vous les connaissez : un régisseur inoffensif, mais protestant, au nom de son maître, contre les prétentions des spoliateurs ; des enfants et des femmes ne demandant qu'à conserver la modeste enceinte où elles vont prier après les heures de travail.

Voilà les criminels désignés au révolver des gendarmes, qu'on excite de la voix et qu'on déshonore !

Et bientôt, c'est l'honnête gardien, Fischer, qu'on relève expirant et la mâchoire fracassée !

C'est une femme de cinquante ans — Henriette Bonnevie

— foudroyée à bout portant, près d'une jeune fille se débattant dans le sang, sous le fer prêt à la frapper !

*
* *

Et l'on parle des horreurs de 93 !... Mais la persécution fut-elle jamais plus révoltante et les victimes plus à plaindre ?

Ce n'est pas encore la tyrannie des Saint-Just et des Robespierre : mais si le despotisme est moins redoutable, l'espionnage est plus vil, les délateurs plus nombreux ; et nous avons aussi nos Comités, devant lesquels les faibles tremblent et les préfets eux-mêmes s'inclinent.

On fait grand bruit de la liberté laissée à la parole et à la plume... Qu'ont à faire les honnêtes gens du droit à la provocation et à l'outrage de la morale ?... Demandez aux fonctionnaires s'ils sont libres, et ce qu'il leur faut subir d'humiliations, pour échapper à la révocation et à la misère !

Le tribunal révolutionnaire ne fonctionne plus : Mais la dynamite frappe dans la rue et l'on assassine à Decazeville et à Châteauvillain !

On ne se bat pas à la porte des boulangers, pour avoir du pain : Mais l'avilissement du prix des céréales met l'agriculture aux abois, et l'intoxication par le commerce, qu'on tolère, fait plus de ravages que la disette et la guillotine.

Si ce n'est pas encore la Coalition armée, où sont nos alliances ? Quelle est celle de nos frontières qu'on ne menace, et n'est-ce pas comme un blocus organisé autour de nous ?

— « La banqueroute est à nos portes ! » s'écriait Mirabeau. Chez nous, c'est la désorganisation dans les finances, les douzièmes provisoires, la consolidation des bons du Trésor à courte échéance, ce qui équivaut à un emprunt, les chemins de fer électoraux sans voyageurs, des milliers d'écoles sans élèves, les missions lointaines sans but, le fonctionnarisme poussé jusqu'à la folie et, en fin de compte, le déficit du budget et la perspective d'accroissements d'impôts.

Chaque jour, nouvelle saignée au contribuable à bout

de forces ; et il en est de la France comme de la noble bête livrée aux sangsues, qu'on rend tour à tour au pâturage et aux voraces de l'étang, jusqu'à ce qu'elle ne soit plus bonne qu'à jeter à l'équarrisseur !

* *
*

Et l'on s'étonne qu'au milieu de tant de dangers et d'angoisses l'on se dise que *cela ne peut durer ainsi et qu'il faut un chef ?*

C'est dans l'impatience où l'on est d'en finir qu'il faut chercher les explications du *Boulangisme.*

L'homme qui a donné son nom à ce phénomène politique répondra-t-il aux aspirations qui s'en dégagent ?

Sera-t-il Cromwell ? Sera-t-il Monck, ou de nouveaux exploiteurs en feront-ils le complice de leurs intrigues ?

Sous ce dernier rapport, la mesure est comble, et ce n'est déjà que trop ! Ce qu'il faut au pays, c'est plus que des mots et plus qu'un nom : c'est un pouvoir fort et respecté, le développement du travail, la sécurité des intérêts et la justice pour tous !

Et pendant que les partis s'agitent et que Dieu les mène, le peuple, qui n'a ni la science des hommes d'Etat, ni le goût des théories et des grandes formules — mais le don des pressentiments et des instincts qui ne trompent pas — le peuple écoute, regarde et attend son heure.

Cette heure serait-elle proche ?

On le croirait :

La fange, qui empoisonne l'atmosphère, fertilise le sol ; et c'est presque toujours un vent d'orage qui balaye les miasmes impurs.

Toulouse, — Impr. Fournier-Valéry, rue du Salé, 5.